KB059802

낮이 말라 밤이 차오르듯

조달곤
시집

낮이 말라
밤이 차오르듯

솔
시선
30

사랑하는 가족에게

나에게도
한 번쯤은
아름다운 마법이
이루어졌으면 좋겠다


2021년 2월
조달곤

| 차례 |

## 제4부

제1부

# 가을

아픈 남자 곁에 아픈 여자가 눕는다

슬픈 여자 곁에 슬픈 남자가 눕는다

가는 가을도 발길을 멈추고

이들 곁에 눕는다

# 나문재°

세상의 어머니들은
자식을 위해 자기 몸을 태워
한 됫박 소금을 만든다

세상의 자식들은
제비 새끼처럼 노란 부리로
에미가 물어다 준 소금을
받아먹고 자란다

나는 신안 증도를 지나며
눈부신 소금뼈 하나를 만났다
걸어 나오고 있는 어머니의
바다를 만났다

자식의 가난한 식탁을 위해
소신공양한 여자

아, 어머니

깊고 깊은 기억 속

녹아내리는 붉은 울음을 만났다

---

# 새소리 한 보자기

1

나는 새소리 한 보자기를 내 가슴 속에 품고 산다. 내 삶
이 적막할 때나 대책 없이 그리울 때면 내 가슴 속에 품고
있는 보자기 한 모퉁이를 풀어 잠자고 있는 새소리를 깨운
다. 그러면 새소리들은 아침이슬같이 맑고 작은 소리로 내
마른 가슴을 촉촉이 적셔주곤 한다. 내가 싼 보자기 속의 새
소리들은 박새, 굴뚝새, 개똥지빠귀, 뱁새, 개개비 울음소
리 같은 귓속말처럼 작고 여린 것들이다. 어린 시절 고향 뒷
산에서 만난 새소리도 내 보자기 안에 들어 있다. 그러나 나
와 어릴 적부터 친근했던 뻐꾸기를 제외한 까마귀, 까치, 딱
따구리 같은 크고 시끄러운 소리는 내 보자기에 싸지 않았
다. 뻐꾸기 소리는 어머니가 보고 싶을 때 자주 끄집어내어
들어야 하기 때문이다.

2

어느 겨울날 새벽 산책길에서 만난 박새 소리를 요즈음
나는 자주 꺼내 듣고 있다. 그날 대흥사 부도탑 위를 자욱하
게 날고 있던 박새의 울음소리는 지금까지 내 마음의 법당
에 가득히 고여 있다. 그날의 울음소리를 끄집어내면 어떤

때는 물레 잣는 소리같이 들리기도 하고, 어떤 때는 싸락싸락 싸락눈 아득히 내리는 소리 같기도 하고, 어떤 때는 버들개지 물방울 터는 소리같이 들리기도 한다.

3

내가 길 떠나는 날 가져가고 싶은 이 소리들은 내 가슴속 보자기 안에서 무채색 풍경으로 살고 있다.

# 언문편지

많이 늦었지만 이제부터라도 우리 부부가 서로 떨어져 살았으면 좋겠다

서로가 떨어져 살다가 만날 땐 사무치게 만났으면 좋겠다

가급적 핸드폰도 터지지 않는 곳에서 살았으면 좋겠다

사백여 년 전 소례마을에 살았던 곽주와 논공마을에 살았던 그의 부인 하 씨처럼 서로 떨어져 살면서 많은 살가운 언문편지를 주고받았으면 좋겠다°

"기별 몰라 한때도 잊은 적이 없고 걱정도 가이 없소"라고 쓰고 "생선 두 마리"를 함께 넣어 아내에게 보내었으면 좋겠다 "안주는 당새기에 소주는 작은 병에 넣"은 것을 아내로부터 받았으면 좋겠다°°

자식들로부터도 "밤사이 기후 어떠하십니까. 사모함이 가 없사와 하옵니다"라고 쓴 언문편지를 받았으면 좋겠다°°°

이렇게 지아비와 지어미가 여닫이와 미닫이처럼 주고받
았던 언문편지들을 마른 꽃잎처럼 책갈피 속에 끼워두었
다가 우리 이 세상 뜨는 날 서로의 관 속에다 넣어주었으면
좋겠다

   오늘은 5월 21일, 부부의 날
   졸혼이라도 하고 싶은 날이다

---

○   1989년 경북 달성군 구지면 도동리 뒷산에서 현풍 곽씨 후손들이 12대 조모
　　묘 이장 작업을 하던 중, 하 씨의 관 속에서 많은 언문편지들을 발견하였던
　　바, 이는 사백 년 전 그의 남편 곽주(1569~1617)와 가족 사이에 주고받은 것
　　들이었다. 백두현, 『현풍곽씨언간 주해』(역락, 2019)를 참고.
○○  따옴표 안은 남편 곽주가 아내 하 씨에게 보낸 편지에서 인용.
○○○ 따옴표 안은 차남 의창이 그의 어머니 하 씨에게 보낸 편지에서 인용.

# 낮이 말라 밤이 차오르듯

나를 비운다는 것은
가을 한철 억새꽃이 되어 은빛 물결로 살다가
바람이 된다는 것
바람으로 살다가 바람 소리 떠나보내고
다시 고요해진다는 것

한겨울 빈 가지가 되어
눈 오는 자리를 마련한다는 것
겨울 숲속의 나무와 같은 문장을 쓴다는 것

나를 비운다는 것은
폐사지 탑 그림자처럼 마른다는 것
산그늘처럼 마른다는 것
낮이 말라 밤이 차오르듯이 마른다는 것

내 안의 축축한 죄의 기억을 몰아낸다는 것
내 안의 슬픔과 울음 한 됫박을 덜어낸다는 것

단순해진다는 것

침묵한다는 것
기다림을 받아들인다는 것

나를 비운다는 것은
죽음을 산다는 것

# 상산常山나무

커다란 덤불 속이었다

신평 곶자왈은 온갖 양치식물과 덩굴식물들이 검은 돌과 같이 살고 있었다

숲속 세로를 따라 녹나무도 만나고 종가시나무도 만났다

군데군데 고사목들도 만났다

고요를 깨고 홀연히 큰부리까마귀 떼가 날아올라 숲이 크게 출렁거렸다

자주 길을 잃고 한 마리 쐐기벌레가 되어 뒤뚱거렸다

빌레 근처에서는 상산나무가 구수회의를 하듯 모여 있었다

아, 주검을 향기로 덮어주는 나무

내가 길을 잃고 헤맨다 해도 서럽지 않았다

# 물방울관음

빗방울들이
어머니 품속을 찾아들 듯
수면에 닿는 순간
송이송이 눈부신 녹청색 꽃이 핀다

꽃잎 속에는
버들가지를 든 관음보살이 보이고
법을 묻고 있는 선재동자도 보인다

물은 모성의 실존
물방울은 물의 자식

어머니의 자궁 속에는
물방울관음이 산다

# 검은 사각형°

검은 지우개로
나를 지운다

나는 아무 데도 없다

없는 나를
액자에 넣어
벽에 걸어둔다

---

° 화가 카지미르 말레비치의 작품, 「검은 사각형Black Square」(1915)에서 따옴.

# 그날 이후

— 방

 김 신부님이 만든 방에서 깊은 잠을 자다 몽유병 환자처럼 불현듯이 깨어나 길을 나섰다. 버스를 타고 가다 기차로 갈아탔다. 오른편 차창 밖으로 흰 강물이 번쩍이면서 바쁘게 고향 쪽으로 흐르고 있었다. 낙동강역에서 내려 다시 버스를 타고 고향집으로 향했다. 동네 어귀에서 사람들을 만났지만 다들 얼굴이 낯설어 보였다. 고향집으로 들어섰다. 엄마는 들에 나가셨는지 집 안은 텅 비어 있었다. 마당을 돌아 뒤란 툇마루에 앉았다. 돌담에는 하늘수박이 가을 햇살 속에서 누렇게 익고 있었다. 그새 깜빡 졸았나 보다. "학교 다녀왔니? 밖에서 졸지 말고 어서 방에 들어가 자거라." 들에서 언제 돌아왔는지 엄마의 목소리가 꿈결처럼 들려왔다. 나는 엄마의 자궁 속으로 들어가듯 뒷문을 열고 방으로 들어가 다시 긴 잠 속에 빠져들었다.

# 말씀

하느님은 최초의 시인이었을 것이다. 시원의 들판을 걸어가며 하늘과 땅을 노래하고 빛과 어둠을 노래하고 나는 새와 나무와 별빛을 노래했다. 말씀으로 노래할 때 하느님도 가슴이 두근거렸을 것이다. 몹시 설레었을 것이다. 시원의 하늘과 땅에 울려 퍼지던 말씀의 노래가 그분이 보시기에도 참으로 좋았을 것이다. 그렇지 않으면 어찌 오늘날까지 지상의 시인들이 하늘을 우러르고 우러러 말씀에 그토록 목말라 할 리가 없다. 시의 말씀을 만나기 위해 그토록 서럽게 목멜 리가 없다. 하느님은 시의 말씀의 말씀이었을 것이다.

# 머미 브라운
— 죽음의 방식 1


그것은 죽음의 빛깔


언젠가는 돌아가야 할 흙의 빛깔
먼지의 빛깔
칙칙한 부패의 썩어가는
장엄한 광채°


그것은 미라를 처리한 시신의 빛깔
카푸트모르툼이라 불리던 미라 가루로 버무린
어두운 갈색 물감


그것은 재앙일까


미라의 가루가 웨스트민스터 홀의 프레스코 벽화나
외젠 들라크루아의 그림으로 다시 태어날 수 있다는 것은


납골상자 안에 갇혀
벌레에게 몸을 내어주는 것보다

괜찮은 죽음의 방식이 아닌가

어쩌면 아름다운 부활의 방식이 아닌가

# 의자값

빈센트가 그린 의자들

고갱의 의자와 고흐의 의자
하나는 암스테르담 고흐 미술관에 걸려 있고
또 하나는 런던 국립미술관에 걸려 있는

그것도 벽면 액자 속에 갇혀
앉을 수도 없는 빈센트의 의자와
내가 지금 앉아 있는 내 의자

비교하기는 좀 뭐하지만

이 빈센트가 그린 의자가 경매에 나온다면
얼마나 받을 수 있을까
그리고 내 의자는

며칠 전 내가 앉아 있었던 낡은 의자를
쓰레기 하치장으로 보냈다
나는 이만 원을 지불했다

# 이상시대李箱時代
## — 변동림의 말°

후리한 키에 곱슬머리가 나부끼던

우뚝 솟은 코와 세 꺼풀진 크고 검은 눈이 이글거리듯 타오르던

수줍은 듯 홍조를 짓던

아름답고 건강한 청년 이상과 나는 결혼했다

동소문 밖 개울가 조그만 집에 세 들어 삼 개월을 살았다

나는 가끔 개울가에서 빨래도 하고 밥은 내가, 반찬은 주로 상이 만들었다

상이 동경을 떠난 후 위독하다는 전갈을 받고 나는 열두 시간을 기차를 타고 여덟 시간 연락선을 타고 스물네 시간 기차를 타고 동경에 가서 상을 만나고 상의 뼛가루를 안고 기차를 타고 연락선을 타고 기차를 타고 서울에 돌아와 상의 어머니 곁에서 사흘 밤을 보내고 미아리 공동묘지에 상을 묻었다 비목에 묘주 변동림을 써넣었다

나는 언제나 수줍은 듯 사람을 그리듯 쓸쓸한 웃음을 짓던

슬프고 아름다운 문학청년 이상과 결혼했다

---

° 김향안,『월하의 마음』(환기미술관, 2005)을 참조.

# 소나무 한 그루

사자평 가는 길
가파른 산길
아찔한 벼랑 끝 바위 위에 서 있는
한 그루 소나무를 만났습니다
그는 골짝 아래로 까마득히
추락하고 싶어서였을까
아니면 새처럼 날고 싶어서였을까
절벽 끝 바위 위에 서 있는 저 소나무는
십자가를 지고 서 있는 예수를 닮아 있었습니다
지는 해를 온몸으로 받고 있었습니다
가슴패기로 피가 흥건히 젖어 있었습니다

# 새 이름 소고

### 1

뒤란 후박나무 가지에 후루룩 날아와 비쭉비쭉 울다가 가는 저 새를 '빗죽새'°로 부르면 안 될까. 누가 내 조상들이 즐겨 불러왔던 '빗죽새'라는 예쁜 이름을 버리고 듣기에도 거북한 '직박구리'라는 이름으로 바꾸어 불렀을까. 왜 그랬을까.

### 2

앞마당 명자나무 품속에서 씨씨 씨씨 한참을 놀다 가는 저 갈색 머리 작은 새를 '뱁새'라고 부르면 안 될까. 수백 년 우리가 대대로 불러왔던 우리 핏속의 이름. 어릴 적 울 엄마가 "부자를 넘보면 가랭이 찢어진다"고 나에게 자주 이르던 새, 저 그리운 한국의 텃새를 다들 '뱁새'라고 불러주면 안 될까. 누가 저 앙증맞고 귀여운 '뱁새'라는 이름을 사랑하지 않고 '붉은머리오목눈이'°°라는 이름으로 바꾸어 불렀을까. 왜 그랬을까.

---

°  이 새를 『조선동물통감』(1936)에서는 '홀우룩빗죽새'라는 이름으로 부름.

°° 우리 새 연구자인 우용태(경성대 명예교수)의 말에 의하면 뱁새는 붉은 머리도 아니고 '오목눈이'과의 새와 계통상으로나 생태적으로 닮은 점이 없다고 함.

# 그랭이법°

예수는 목수의 아들
어릴 때부터 아버지로부터 집 짓는 법을 배웠나 보다
너럭바위 위에 나무를 심어 그 나무 무성하게 자라면
하늘 지붕을 튼튼하게 떠받칠 수 있다는 것을 깨우쳤나
보다
돌에서 자란 나무가 바로 자신임을
하늘을 향해 기도하는 나무임을 알았나 보다
그랭이법이 무엇인지를 깨달았나 보다

---

° 주춧돌에 기둥을 세울 때, 돌 모양에 맞게 나무 기둥을 다듬어 세우는 전통
기법.

제2부

# 낙烙을 놓는다는 것

사랑한다는 핑계로
내 가슴팍에 뜨거운 인두를
들이대지 말 것

낙을 놓는다는 것은
깊은 상처를 남기는 것

차라리
물 위에 낙을 놓을 것
바람 위에 구름 위에 낙질할 것

굳이 낙을 놓고 싶다면
내 슬픔에 나비 날개 하나
새의 그림자 한 자락 놓아줄 것

# 벌레 고考

내가 죽어 벌레로 태어난다면
기생나비의 애벌레쯤으로 태어나고 싶다
파파오족 인디언 추장의 자루에 담겼다가
눈부신 흰 나비로 날아오르고 싶다

벌레들은 성충이 되는 동안은
여러 차례 허물을 벗는다는데
내가 이 지상에 살면서 한 번만이라도
허물을 벗어본 적이 있었나
나에게도 개구리가 왕자로 변하듯 한 번쯤은
아름다운 마법이 이루어졌으면 좋겠다

내가 죽어 벌레로 태어난다면
나는 플라스틱을 소화시킨다는
갈색 거저리가 되고도 싶고
별이 일러준 길을 찾아 집으로 돌아가는
쇠똥구리가 되고도 싶다

나 같은 인간을 벌레들이 받아줄지 의문이긴 하지만

# 말귀

아내는 말귀를 못 알아듣는다고 자주 나를 타박한다. 나는 아내의 말귀를 못 알아들을 때는 그냥 알아들은 척 고개를 끄덕이면서 산다. 오래 살다보면 귀가 어둑해지는 건 자연현상이라고 변명도 해보지만 말귀에 어두운 것은 아내에게 미안한 일이다. 그러나 아내도 내 말귀에 어두울 때가 참 많다. 그럴 때는 나도 답답하고 섭섭하다. 아내의 말귀와 내 말귀 사이가 살갑고 구순했으면 좋겠다. 솔기와 시접처럼 서로의 말귀를 잘 알아들었으면 좋겠다. 정작 말귀는 귀의 문제가 아니라 눈의 문제인 것이다. 눈이 혼탁해서 말귀를 못 알아듣는다. 쇠귀에 경 읽기가 되지 않기 위해서는 눈 수술을 받을 필요가 있다. 눈 수술을 받고 맑은 눈을 만들어 서로 눈부처가 되어 살 필요가 있다. 그래야만 말귀를 잘 알아듣는다.

이건 먼 나라 이야기다.

# 마당

― 장욱진의 그림

고향집 마당에는 하늘이 들어와 살고
하늘의 구름도 들어와 살았다
들판도 들어와 살고 뒷산도 들어와 살았다
동그란 해도 들어와 살고 달도 들어와 살았다
손바닥만 했지만 우주만큼 크고 넓었다

정말 큰 사각은 모서리가 없듯이°
고향집 마당은 사각이었지만
모서리가 없는 둥근 사각이었다

그 마당에 멍석이 깔리고
멍석 위에는 두레밥상이 놓이고
두레밥상 가에서 온 가족들이 동그랗게 모여 살았다
소와 강아지와 닭들도 마당 안에서
동심원을 이루며 한 가족같이 살았다

마당을 닮은 삽짝걸 감나무에는 까치도 날아오고
참새도 날아와 동그란 잠을 자고 갔다
소년은 종일토록 흙마당을 파며

땅강아지와 같이 놀았다

이 우리네 마당 속에서 소년 같은 한 사내가
평생을 여여如如하게 살다 갔다
덕소로 수안보로 신갈로 선한 우리의 마당 하나
화폭 안에 꽃밭처럼 가꾸다가 죽었다

---

◦    노자, 『도덕경』41장, '대방무우大方無隅'에서 차용.

# 범북고개

범북고개를 지나 기회송림을 거쳐 동쪽으로 이 킬로미터쯤 가면 다원마을이 나온다. 나는 다원이란 말이 좋아 이곳에 지금껏 눌러앉아 있다. 삼십 년 전의 일이다.

나는 범북고개를 지나 25번 국도를 타고 진영으로 가서 남해고속도로를 갈아타고 직장에 갔다. 오랫동안 같은 길을 반복해서 가면 습관이 된다. 너무 익숙해서 풍경의 두근거리는 소리 따위 듣지 못한다. 찍찍거리는 라디오 채널이나 돌리며 간다. 마음이 느긋할 수가 없어 액셀러레이터에 힘을 더한다.

직장을 쉬는 날이면 나는 범북고개를 지나 24번 국도를 탄다. 길가 풍경들이 나에게 말을 걸어올 때가 많다. 풍경들이 말을 걸어오면 일일이 맞장구친다고 차의 속도가 느려진다.

산그늘이 빨리 내리는 풍경 속으로 걸어 들어가다가 길을 잃고 헤매기도 한다. 자주 우포늪을 만나기도 하는데 우포늪은 내가 참 좋아하는 곳이다. 갈대숲이 있고 새떼들이 있고 그리움이 있어 좋다.

25번 국도는 남북으로 청주에서 시작해서 상주 대구를 거쳐 진해까지 가는 길이고, 24번 국도는 동서로 전남 신안에서 담양 합천을 거쳐 울산까지 가는 길이다. 25번 국도와 24번 국도는 범북고개에서 만나 잠깐 같이 길을 걷다 다시 헤어져 서로 제 갈 길을 간다.

나는 범북고개에 서면 정신 나간 나침판처럼 자주 우왕좌왕할 때가 많다. 나의 생은 25번 국도와 24번 국도 사이에 있다.

# 다원일기 2

— 이웃사촌 미순이

이웃집 개들은 갑식이네 집에 자주 모인다. 갑식이네 엄마는 개를 좋아해도 너무 좋아한다. 개들은 그것을 잘 아는 모양이다.

미순이는 이뿐이가 낳은 이장네 개인데 요즈음은 갑식이네 집에 아예 죽치고 앉아 돌아갈 생각을 안 한다. 동현이네 집으로 쥔을 얻어 살고 있는 이뿐이도 미순이를 만나러 갑식이네 집을 제 집처럼 드나든다.

개들은 우리 집 마당 구석에다 자주 똥을 눈다. 우리 집 마당이 쟤네들 뒷간처럼 만만하게 보이는가 보다.

미순이는 어릴 때 뒷산 수풀 속에 사는 너구리에게 물려 다리가 하나 없다. 그런데도 미순이는 동네 고샅길을 세발자전거처럼 신나게 달릴 때나, 아침저녁으로 갑식이네 엄마 따라 동네 자드락길을 산보할 때가 가장 행복해 보인다. 개들은 이 나이가 되도록 꼴값하느라고 햇빛도 없는 방에 처박혀 책 앞에서 끙끙대며 사는 나보다야 백배나 팔자가 나은 것 같다.

나는 때때로 길에서 미순이를 만나면 걔가 제 어미 만나 듯 내 무릎 위로 콩꼬투리처럼 탁탁 튀어 오르지 않더라도 말없이 꼬리를 흔들어주면서 아는 척할 때가 기분이 아주 좋다.

며칠 전부터 내가 갑식이네 집 앞을 어슬렁거릴 양이면 미순이는 낯선 사람을 만나듯 멀리서 껑 껑 짖기만 할 뿐 반기는 기색이 전혀 없다. 무슨 일이 있었던 것 같다. 하지만 나는 내심 섭섭하다. 나를 보고 껑 껑 짖고 있는 미순이가 남의 집 굿 보듯 나에게 무심하지 않아서 좋아 나를 고물 취급하지 않아서 좋아, 하고 스스로 위로해보기도 하지만 그래도 내심 섭섭하다.

미순이가 앞으로는 나에게 좀 더 살갑게 대해주었으면 좋겠다. 아는 처지에 나를 좀 더 불쌍히 여겨주었으면 좋겠다. 미순이나 나나 이젠 어차피 세 발로 걷는 짐승이 되어버렸다는 점을 서로 인정하면서 좀 더 아는 척하고 좀 더 서로 연민했으면 좋겠다.

# 스물세 개의 앙코르

알렉상드르 타로의 '오토그래프'
그가 앙코르 요청을 받고 실행한
스물세 개의 소곡들
좋은 시들을 끄집어내어 읽듯
그의 햇살 알갱이 같은 서정들을 읽는다
가볍고 깊게
깊고 가볍게
내 늘그막에 만난
호사를 호사이게 하는 음악
터지는 동살 같은
함석지붕을 난타하는 여름 쏘내기 같은
그의 피아노 연주곡들
할 말이 아직 많이 남아 있다는 듯이
틈틈이 자주자주 내 달팽이관에
진솔하게 때로는 관능적으로
검은 음표들을 쏟아 넣는다
운 좋게 디저트 카페에서 만난
골라 맛보는 스물세 개의
행복한 후식 레시피들

눈시울에 젖어 드는 물비늘처럼

눈부시게 통통 튀는

때로는 슬픈

# 달 호수 Dal Lake
— 스리나가르 시편


쪽배 시카라에 오른다
달 호수는 연꽃의 바다였다 어린 싯다르타가
물 위를 첨벙대며 뛰어다니고 있었다

희고 붉은 연꽃 사이로 헤엄치는
물오리들과 같이 호수 위를 떠돌다가
채소나 과일 잡화 등을 싣고
작은 쪽배에 삶을 의지하며 살고 있는
물 위의 무슬림들을 만난다
어디 가나 삶은 신성하고 고단하다

잠시 여우비 내리는가 싶더니
다시 하늘이 맑게 개고
오후의 햇살이 호수 위에 윤슬로 쌓인다
멀리 히말라야 설산이 더욱 투명하게 다가선다
그 위로 티파니 블루의 하늘에
목화처럼 피어 있는 구름송이들
빈센트의 '꽃 피는 아몬드나무'를
달 호수에서 눈부시게 만난다

물 위 빅토리아풍의 하우스 보트에서 일박,
카슈미르산 사프란 차 한 잔을 얻어 마신다
호수 저편 금빛으로 물들어가는 노을빛 속에서
지는 해를 향해 기도하는
맨발의 무슬림 여인의 뒷모습을 본다

# 기수역 汽水域°

낙동강 하구둑을 지난다

흘러온 낙동강 물이 남해 바다와 만나는 곳
민물과 바닷물이 만나 처음 몸을 섞는 곳
그 사랑의 힘으로 사시장철 물아지랑이가 피던 곳

산란을 위해 찾아드는 물고기들의 고향
자연 양수 羊水로 넘치는

생명의 자궁이었던
모천이었던

내 어릴 때의 놀이터였던
애기 재첩을 줍고 말뚱게와 놀던 곳

그 많던 철새들의 울음소리와
끝없이 갈대숲으로 일렁이던 곳

낙동강 하구둑을 지난다

바닷물 침입을 온몸으로 막고 서 있는

기수역을 온통 집어삼킨

---

# 육전소설

륙전쇼설을 읽는다

"책은 얌전하며 값은 싼지라 사해 첨군자께서는 다행히 기쁨으로 맞으시기를 천만 바라"면서 읽는다°

유년 시절 우리 집 벽장 속에 모셔져 있었던 아버지의 책들, 울긋불긋한 표지에 4호 활자로 인쇄된 활자본 고소설들을 지금에야 읽는다

그날의 아버지를 그리워하며 읽는다

그 책들은 농사꾼 아버지가 장터 좌판에서 샀을 게 틀림없을 것이다

6전이면 당시로는 국수 한 그릇 값과 맞먹는다 했으니 아버지는 이 책들을 읽기 위해 장터에서 국수 한 그릇과 바꾸었을 것이다

배고픈 것도 잊고 호롱불 밑에서 서울 신문관 발행의 이 육전소설들을 읽었을 것이다

미인박명에 눈물을 흘리고 음담패설에 얼굴을 붉혔을 것이다

신문도 라디오도 전화도 없었던 시골에서 아버지는 이 소설을 통해서 유일한 문화생활을 즐겼을 것이다

어린 시절 내가 벽장 속의 책들을 몰래 꺼내어 딱지를 만들었던 그 딱지본 소설들을 복제본으로 읽는다

슬픈 외국어°°처럼 읽는다

---

°     따옴표 안은 최남선이 신문관에서 발행한 기획 시리즈, '육전소설六錢小說' 「간행사」중에서 인용.

°°    무라카미 하루키 에세이 제목에서 차용.

# 북십자성

내 이 지상을 뜨는 날
은하철도를 타리
안드로메다행 999호 열차에 오르는
단 한 번 맞이하는 여행 앞에서
마음 몹시 부풀어 오르리

푸른빛의 지구를 등지고
원거리 셀카로 내가 살았던
창백한 푸른 점°을 되돌아보고
모래같이 작은 점 안에서 수십억 인류가
지지고 볶고 살고 있다는 사실을 신기해하면서

오르트 구름을 지나 검은 우주를 가로질러
별과 별 사이로
단풍처럼 붉게 물들고 있는 은하를 향해서
가리, 슬프고 아픈 기억을 지우며

'너는 먼지이니 먼지로 돌아가리라'는 성경 구절도 되뇌
면서

죽음이 꿈도 없는 깊은 잠과 같을 수 없다고 중얼거리
면서

　백조역에서 지선을 갈아타고
　플라타너스 시골 신작로같이 뻗어 있는 길을 따라
　은색 하늘 억새가 하얗게 피어 있는 강기슭을 지나고
　많은 등불들이 빛나고 있는 마을을 건너

　밤마다 반짝이는 먼 눈빛으로
　나를 데리러 오겠다는 말을 걸고 있었던 별
　내가 태어난 어머니의 별

　슬픔이란 단어가 없는 곳
　환한 밝음만이 있는 곳

　백조자리 북십자성 별에 도착하리

　내 이 지상을 뜨는 날
　고향에 돌아가듯 은하철도를 타리

열차에 오를 때 사랑하는 가족사진 한 장쯤 넣고 가리

---

◦   칼 세이건이 60억 킬로미터 떨어진 곳에서 보이저호가 찍은 지구의 모습을
지칭한 '창백한 푸른 점Pale Blue Dot'.

## 다원일기 1

쫓기다시피 이곳으로 왔습니다
벌써 삼십 년 전의 일입니다
햇볕이 한 움큼 몰려 있는
산기슭의 밭뙈기를 사들여
집을 지었습니다
돌담을 쌓고 마당에 나무도 심었습니다
텃밭도 일구었습니다
이젠 나도 아내도 땅심을 많이 받아
이곳에 뿌리를 내리고
땅에 잘 묻혀 살고 있습니다
얼마 후엔 내 어깨까지
내 정수리까지 땅에 묻힐 것입니다
땅에 묻혀 이왕이면 잘 삭아
농익은 흙밥이 되었으면 좋겠습니다
봄은 봄대로 여름은 여름대로
흙밥을 먹고 자란 텃밭의 채소들이
우리 식구의 밥상을
거룩하게 차려주었습니다
그동안 흙밥의 배려 속에서 살아온 것은

참으로 고마운 일입니다
내가 이미 팔질이 되었으니
아마 이제는 내 목까지
흙으로 채워져 있을 것입니다
참으로 다행한 일입니다
이왕이면 부드럽고 너그러운 흙으로
포실한 흙밥의 기억으로
채워졌으면 좋겠습니다

# 뒷간에 대하여°

똥 분糞 자는 쌀 미米 밑에 다를 이異 자
결국 똥은 쌀의 다른 모습
옛사람들은 똥이 밥이라는 생각
밥이 거룩하면 똥도 거룩하다는 생각

요즈음이야 비데의 시절이지만
나의 유년은 뒷간의 시절
부춛돌에 앉아 뒤를 보던 시절
거름이 귀했던 그 시절은
남의 집 똥을 몰래 퍼 가는 똥도둑도 있었던 시절

똥에다 재와 마른풀을 섞어 발효시킨 거름똥으로
거룩한 땅을 기름지게 만들었던 시절
뒷간과 잿간과 헛간 마굿간이 한식구였던 시절

연암이 똥을 지고 나르는 엄 행수를
예덕 선생으로 불렀던 것은
하찮고 천한 일이 결국 생명을 살리는 일과 같아서

똥은 뒷간에 핀 꽃과 같아서°°

# 때죽나무 한 그루를 심다

봄이 되어 마당 한 귀퉁이를 비집고
때죽나무 한 그루를 심는다
아내는 빈자리도 없는데
또 나무를 심느냐고 한다
빈자리가 있어야 바람도 드나들고
햇빛도 드나들지 않겠느냐고 한다
지당한 말씀이다
나도 그 말에 동의한다 하지만
이 빈자리가 왜 나에겐 허전한 빈자리인지
이 빈자리가 왜 나에겐 감추고 싶은
나의 마른 등짝 같은 것인지
비우지 못한 자의 텅 빈 마음자리 같은 것인지
빈자리의 빈자리 같은 것인지
허허 참

## 너에게

흐르는 개울물이 조약돌을 만지듯 너를 느끼고 싶다 바큇살이 바퀴를 온전하게 하듯 나는 너를 살고 싶다 둥글게 오므리는 고슴도치의 가시털처럼 구르기 위해 온몸에 돋아난 무수한 발로 너에게 굴러가고 싶다 낮이 밤 속으로 침몰하듯 너의 허방과 누수 너의 지옥 속으로 떨어지고 싶다 겨울 첫눈 위에 떨어지는 눈물 한 방울이고 싶다 아 시시각각 너의 맨몸을 만나는 매 순간이고 싶다

# 쉬었다 가는 곳

아버지는 어느 날 대학생이 된 나를 데리고
마을 뒷산으로 갔다
골짜기를 따라 한참을
산중턱에 이르렀을 때
아버지는 나를 돌아보며
"여기가 내가 묻힐 곳"이라고 말씀하셨다
너덜겅 옆 뗏잔디가 소복이 난 양지바른 곳이었다
이곳은 나무꾼들이 오다가다
지게를 내려놓고 쉬었다 가는 곳이라고 덧붙였다
아버지가 육 년 후 세상을 뜨셨을 때
소망대로 이곳에 묻히셨다

제3부

## 호모 비아토르 Homo Viator

길 위의 몸

길 위에서 집을 짓는 몸

고치처럼 집을 허무는 몸

길 위에 있을 때가 가장 아름다운 몸

타림강 물길이 끝나는 곳에 있는

방황하는 호수처럼

도처에 떠도는 몸

정주의 유전자가 없는 몸

물처럼 흐르는 몸

모래언덕이 파도처럼 일렁이는

타클라마칸 사막 동쪽

사라진 왕국 누란을 만나러 가는 몸

종일 말라버린 누란의 호숫가를

걷고 있는 몸

봉숭아 꽃물 들인 누란 미녀의 슬픈 손톱을

만나는 몸

그녀의 가슴에 안고 있을 푸른 꽃을

꿈꾸는 몸

마른 가슴이 젖은 가슴을 만나

출렁이는 몸

유목의 피를 가진 몸

길 위에서 길을 잃고

헤매는 몸

# 풍경 7
— 찌르레기


봄이 와 연분홍 치마저고리 꺼내 입고 햇살 좋은 언덕에
서 봄을 맞고 있는 해당화 꽃나무에 찌르레기 한 마리 날아
와 꽃잎 가슴패기에 연신 입 맞추고 있다 봉긋한 가슴에 코
를 대고 자꾸 문지르고 있다 나라고 봄을 기다리지 않았겠
냐고, 나라고 설렘이 없었겠냐고, 봄이 부풀어 오르듯 나도
가슴이 부풀어 올라 환장하고 싶지 않았겠냐고, 그렇지 않
겠냐고 하면서 연신 꽃잎옷고름을 풀고 있다

# 풍경 8

― 길곡


별밭처럼 피어 있는

강기슭 개망초꽃 데불고

길곡으로 가면

새벽 강물 낮게 낮게 흐르고

그 은빛 강물 물안개로 피어올라

놀란 듯 튀어 오르는 숭어 허리도 녹이고

촉촉이 깨꽃이 피고 있는 강마을도 녹이고

언덕 위 늙은 포구나무도 녹이고

마을 교회당 십자가도 녹이고

# 풍경 9
— 춘분날 아침


매화꽃 지고 명자꽃이 피네

봄을 밀고 오느라고

어제는 돌개바람이 종일을 헉헉대고 불어대더니

춘분날 아침

푸른 창문을 열고

살구꽃도 피고 자두꽃도 피고 있네

봄이 걸어오는 자국마다

연둣빛 설렘 가득 차네

봄날 풀빛의 이름들이 일어서네

# 풍경 10
― 은어

은빛 생명들
먼 바다에서 강물을 따라
모천의 냇가로 찾아들어
별빛같이 찾아들어
드러난 돌팍과 돌팍 사이 물길을 따라
기어이 거슬러 올라
칠리탄 물살이 되어
살고 있네
물살의 가슴과 턱뼈와 지느러미가 되어
살고 있네
수박향 짙게 풍기며
물장구도 치며

# 풍경 11
— 명례성당

언덕 위 오래된 삼간 한옥집

마당에 늙은 팽나무 한 그루 서 있는 집

청마루 회당에 지금도 남녀칠세부동석이 있는 집

신의 갈비뼈 같은 서까래 궁륭을 가진 집

예수의 십자고상 자리에 바로크풍의

마리아 조상彫像이 걸려 있는 집

그녀가 동자승 닮은 아기 천사들과 함께 장미구름을 뚫고

하늘 심장을 향해 장엄을 연주하고 있는 집

마침 창문으로 들어온 저녁 노을빛을 받아

성모마리아가 환하게 홍조를 띠고 있는 집

강물이 앞치마처럼 두르고 있는 집

사운사운 갈대 노래가 들리는 집

하남 들판 명례마을에 있는 낡은 기와집

# 풍경 12
— 2월 19일

아침나절
희멀건 하늘 한 자락
느닷없이
검은 구름 몰려들더니
눈이 내린다
갑자기 터지는 울음처럼

원주산 기슭 소나무 숲을 물들이며
된바람에 실려
빗금으로
우우 너울처럼 스크럼을 짜고
동쪽 칠리탄 위로 몰려가는
눈보라

멧새 한 마리 어지럽게
눈 속을 가로지르며 날더니
눈 속으로 사라진다

# 풍경 13
— 곤지름타는낭°

끼드득 끼드득 웃고 있었다
참을 수 없다는 듯이
재미있어 죽겠다는 듯이

누가 곤지름타는낭에게
간지럼밥 멕였나
누가 곤지름타는낭의
배꼽을 건드렸나

조금 전 건들바람이
건듯 불었을 뿐인데

박새 한 마리
곤지름타는낭 꽃그늘 속에서 놀다가
촐랑대며 날아갔을 뿐인데

---

° 배롱나무의 방언.

# 풍경 14

— 재악산


한여름의 재악산 골짜기
계곡 물소리도 나무들도 울울창창인데

요지부동인데

골짝 바람에 실려
서어나무 이파리 하나
낙엽 되어 떨어지네

팔락거리다가
뒤뚱거리다가
깨춤이나 추다가

곤두박질 계곡물에 실려
잠깐 동안 흔들리다가

흔적도 없이 사라지네

신발도 벗지 못한 채

# 풍경 15
— 우수雨水

우수날 봄비가 내렸다
약속이나 한 듯이

마당으로 나간 아내의
햇살 같은 비명 소리

어머
산수유꽃이 피었네
약속이나 한 듯이

어머 어머
복수초도 수선화도 피었네
약속이나 한 듯이
약속이나 한 듯이

# 산사山査나무

산 속의 아침 나무

오늘 아침 드디어
하얀 꽃잎을 터뜨리네
지난밤 봄비 내려
더 선하고 맑은 얼굴이네

봄이면 흰 꽃으로 오고 가을이면
산리홍山里紅 붉은 열매로 익는
연초록 키 큰 나무

작은 꽃송이들이 모여들어
둥글게 큰 꽃으로 피는
산방화서 플래시 몹
한바탕 놀라운 연주가 시작되네

가장자리부터 먼저 피게 하고
가운데는 나중에야 피는 꽃차례
더불어 사는 말씀의 아름다움을 보네

예절을 갖추고

눈부신 광합성의 지혜를 배우네

저 깊숙한 속까지 환하게 하는

# 칠리탄°에서

칠리탄 둑길을 휘적거리며 걸었다 개울가에는 겨울 마른 갈대들이 꺾여 있거나 누워 있었다 쓸려온 검불들이 마른 갈대의 몸을 거적때기같이 끌어안고 있었다 우리네 삶이 춥고 누추하건 말건 오늘도 개울물은 여전히 낭자하게 소리를 지르며 제 갈 길을 가고 있었다 둑길을 생각 없이 걷다가 칠리탄 물길 따라 떠내려가는 햇빛 알갱이 하나 주워 눈시울에 넣었다 내 눈이 한참을 두드러기처럼 시렸다

---

° 내가 사는 밀양 다원마을 앞을 흐르는 여울.

# 어머니의 강

치매 걸린 우리 어머니
자식들 성화에 등 떠밀리어
영세를 받았지만
하늘나라 가는 길
까맣게 잊고
지금도 저문 강가를
헤매고 있는 줄 몰라
하늘을 흐르는
은빛 강물에 누워
지금도 찾아올지 모르는
자식들 기다리며
하얗게 울고 있을지 몰라
추운 별이 되어

# 열외

갯벌 활주로를 박차고
무리들
대오를 지어 다들 북쪽으로
길을 떠났는데
을숙도 에코 센터 앞
인공습지 물가에서는
미처 편대를 이루지 못한
열외의
큰고니 한 마리
홀로 남아
비를 온몸으로 맞고 있었다
흐르는 섬이 되어

# 어디선가 살구 향기가

— 라다크 기행

오래된 미래°를 만나러 갔다. 마날리에서 일박. 로탕을 지나 빙하가 흘러내려 고인 담수호 근처 사추에서 일박.

장엄한 연봉을 병풍처럼 두르고 히말라야 산록에 별무리처럼 낭자하게 핀 야생화 군락들. 그 사이로 에델바이스가 지천으로 피어 있었다.

가추룽라를 지나면서 고산증에 시달렸다. 죽은 낙지처럼 퍼져 말을 잃었다. 차창 밖으로 오색 타르초가 바람에 찢어질 듯 펄럭이고 있었다.

얼어붙은 빙하가 녹아 흘러내리고 있는 계곡의 물길을 따라 레에 도착했다. 낡은 흙벽돌집들 사이로 도처에 불탑 초르텐이 즐비하게 보였다. 레는 온통 회색빛을 띠고 있었다. 달 표면에 들어선 듯 푸석거렸다.

미로 같은 좁은 골목을 뚫고 레 왕궁으로 갔다. 레 왕궁은 무너져가는 커다란 흙덩이였다. 라다크의 몰락을 몸으로 증거한 채로 잿빛 민둥산 위에 누워 있었다. 왕궁의 뚫린 지붕 사이로 짙푸른 하늘이 쏟아져 내렸다.

물어물어 에콜로지 센터에 갔다. 문화와 환경이 공존하
는 라다크의 지속 가능한 미래가 전시되어 있었다. 호지 여
사는 만나지 못했다.

레 시내를 벗어나서야 라다크인들을 만날 수 있었다. 마
을 곳곳 높은 곳에 서 있는 곰파 속의 이들은 경건했고, 검
게 그을린 농부들의 얼굴에서는 누구나 재스민꽃 같은 미
소가 피어올랐다. 어디선가 살구 향기가 바람에 실려 왔다.

---

○    헬레나 노르베리 호지, 양희승 옮김, 『오래된 미래: 라다크로부터 배우다』
(중앙북스, 2015)에서 따옴.

# 풍경의 주소

네가 만났던 풍경의 요정을
나는 만날 수 없네
네가 들었던 풍경의 심장소리를
나는 들을 수 없네
네 속에 흐르고 있는 풍경의 강물 속에
같이 발을 적실 수 없네

나는 없는 풍경을 만나네

시간 밖을 날고 있는 풍경
기억이 증발해버린 풍경
셀로판지에 깔려 질식해버린 풍경
천장처럼 깜깜하게 닫혀버린 풍경
포르말린 고정액에 담겨 있는 풍경
마른 우물처럼 하늘이 떠나버린 풍경

나는 허공처럼 텅 빈 풍경을 만나네

네가 걸어 들어간 풍경 속으로

나는 들어갈 수가 없네
네가 바라보았던 하늘과 별빛과 빛나던 구름을
나는 만질 수가 없네

제4부

# 시간의 뼈

시간의 뼈들이
하얗게 부서져 내리고 있다
정처 없이
풀풀 날리고 있다

물끄러미 그걸 바라본다

물끄러미

# 이 나이 되도록 2

친구가 아버지 문상을 왔다

집안이 어려워 중학교 진학을 하지 못하고
주물공장에 일하러 다녔던 초등학교 동창생
야간작업까지 하고 달려와서
아버지가 묻힌 뒷산 돌밭 십 리 길
상여를 매길 자청했던 고향 친구

운 좋게 대학까지 다녔던 나는
그날 한꺼번에 내가 무너지는 소리를 들어야 했다
나의 쪼잔했던 우정의 뒷바가지가
그렇게 부끄러울 수가 없었다
묵정밭 잡초 같은 그 친구 앞에서

나는 지금 아버지가 돌아가신 나이보다
더 많은 세월을 살고 있다
그런데도 가까운 친구나 지인들의 부음 소식이 오면
이 나이 되도록
문상을 가야 하나 말아야 하나 계산이 앞선다

나는 아직도 인간 되기 글러먹었다
이젠 내가 쓰는 시에게도 내 죽음에게까지도
예의를 갖출 수 없게 되었다

# 이 나이 되도록 3

너와 나 사이
간과 쓸개 사이
풍경과 풍경 사이
기억과 망각 사이
폐허와 폐허 사이
목울대의 울음과 등짝의 슬픔 사이

서성이다가
헤매다가

# 검은 거울

1
검은 거울 앞에 섰다
내 얼굴이
보이지 않는다

오늘은
실컷 울어도 되겠다

2
검은 거울이
나를 빤히 쳐다보면서
무어라 무어라
말을 하는 것 같다

나는 알아듣지 못한다

# 기다리다

며칠 내내 기다렸는데
종일을 기다리고 있는데

날이 저물고 있다

그는 오지 않을지도 몰라
오다 모래처럼 부서졌는지 몰라
부서져 바람 속으로 흩어졌는지 몰라

기다린다는 것은
목마름일까 슬픔일까

나는 없는 그를 기다리고 있는지도 몰라
그가 부재의 기억일지도 몰라

밤이 오는 소리가 울음처럼 깊은데

# 애가

빠져 나간다
골목 저편 샛길로
사라진다
나와 상관없는 사람처럼
썰물처럼
잘 있거라 말 한마디 없이
서둘러
연기 한 줄기 창문 틈새로
마른 등만 보이며
어둠 속으로 날아간 새처럼
슬픔도 없이
황급히
핏물 번지는 노을 속으로
기약도 없이

# 론다니니의 피에타

젊은 날의 욕망과 치기가
예술이라는 이름으로
조화와 균형이라는 명목으로
세상의 어머니의 울음을
가두어버렸습니다

하느님
이제야
세상의 어머니의 울음을
풀어놓습니다

자비를 베푸소서
자비를 베푸소서

# 시의 말

　　말 이전의 말 바위처럼 물렁한 말 허공처럼 텅 비어 있는
말 하늘의 속살처럼 꽉 차 있는 말 모성의 말 피의 말 별빛
의 말 손톱달의 말 야생의 말 울퉁불퉁한 말 홀惚하고 황恍
한 말 윤슬의 말 물의 말 어둑새벽의 말 눈 감은 말 천둥의
말 기도의 말 몸의 말 개여울의 말 나무의 말 안개오줌의 말
미늘의 말 물수제비의 말 박새가 물어 온 말 두근거리는 심
장의 말 내 울음의 말 내 슬픔의 말 봉숭아 꽃씨의 말 바람
의 말 햇빛의 말 눈부셔 눈부셔 눈시울 어둑한 말

# 벽

벽이라는 말은
참 외로운 말이다
바람이 불고 비가 내린다는 말이다
절룩절룩 절룩거린다는 말이다
절반의 어둠을 받아들인다는 말이다
나를 견디고 너를 견딘다는 말이다
한 슬픔이 다른 슬픔을 만난다는 말이다

벽이라는 말은
참 아픈 말이다

# 내 친구 박 장로


내 어릴 적 죽마고우였던 박 장로는
왼손잡이였다

왼손으로 숟가락을 들 때는
밥상머리에서 매로 손등을 맞았다
학교에서도 손등을 맞았다

어른이 되고 자식을 낳고
그는 오른손잡이를 위해 만들어진 세상에 살면서
자식들에게 자능식식 교이우수 子能食食 敎以右手를
아프게 가르쳤다 그리고
그 잘난 오른손을 받들면서 살았다

지독한 예수쟁이였던 그에게서 어느 날 편지가 왔다
이쯤 살았으니 이젠 내 왼손을 풀어놓아도 되겠다고
왼손을 풀어놓으니 심장의 소리가 더 크게 들린다고
영성靈性의 고향에 돌아간 느낌이라고

8월 13일, 오늘은 왼손잡이의 날

이제는 하늘나라에 있는 그에게 모처럼 안부를 묻는다
그곳 하늘나라에서도 왼손으로 잘 웃고 있느냐고
행복하냐고

# 팔질八耋

어느덧 나는 팔질의 나이

누더기옷 걸치고 참 오래도 걸어왔다

이젠 꼼짝없이 상노인이 되었다

어름어름 나이만 먹었다

애늙은이가 되었다

낭패 같은 다늙은이°가 되었다

내일 죽더라도 아직 나는 애늙은이가 좋은데

자식도 세상도 등 뒤에서

나를 다늙은이 속으로 밀어붙인다

나는 졸지에 망해버렸다

---

o    오탁번의 시, 「겨울 잠」에서 차용.

# 구렁이 이야기

나의 유년 시절 우리 집 울타리 안에는 온갖 귀신들이 우글거렸지. 문간신, 뒷간신, 대들보에는 성주신, 장독대에 터주신, 재물을 지키는 업신 등 많은 잡신들이 집안 곳곳에 진을 치고 있었지. 우리 가족을 지켜주는 지킴이 귀신들이었지. 어머니는 우리 집을 지키는 온갖 귀신들을 모시느라 바빴고 나는 어머니의 지극정성 덕분에 무럭무럭 잘 자랐지. 귀신은 마주할 수는 없었지만 우리 집 업신 구렁이만은 예외였지. 부엌에 자주 몸으로 나타났던 구렁이를 어머니는 곳간의 신으로 여기고 모셨던 것이지. 집 안에서 구렁이가 기어나가면 집안이 망한다는 속설을 믿었던 것이지. 가난이 그토록 서럽고 목이 탔던 것이지. 어머니가 밥을 안치러 부엌에 들어가면 먼저 와 벽 서까래에 배를 대고 미동도 않고 내려다보고 있던 구렁이를 그래서 내칠 수 없었던 것이지. 구렁이를 내칠 수 없었던 어머니는 얼마나 슬펐던 것일까. 보굿처럼 거친 손으로 마른 섶가지를 아궁이에 던져넣던 이마가 환하던 어머니. 아궁이 속 불갈기가 내보내던 매캐하고 자욱한 연기 속에서 나의 손을 잡아주던 어머니. 구렁이가 무서워 어머니의 등에 기대면 부지깽이로 부엌 바닥을 탁탁 쳐 구렁이를 내보내던 어머니. 어머니는 지금 하늘나라에 계시지만 문득 어머니가 그리울 때는 내가 어린 날의 우리 집 구렁이라도 되어 어머니와 함께 있고 싶기도 하지.

# 후투티와 나

후투티는 우리 집 방문자 중 좀 특별한 손님입니다. 후투티가 찾아들 때면 우리 집 마당은 어두운 연극 무대에 불이 켜진 듯 환해집니다.

후투티의 도가머리는 인디언 추장을 빼닮았습니다. 황갈색 피부에 검고 흰 줄무늬가 있는 옷을 입고 화려한 댕기머리를 하고 있습니다. 쫓겨난 인디언들의 영혼이 후투티로 환생한 게 틀림없습니다.

넓고 둥근 날개로 번쩍이며 날아와 종종걸음으로 마당 위를 활보하면서 길게 구부러진 부리로 연신 잔디 속을 탐사합니다. 그러다가도 내가 있는 창문 쪽을 희끗희끗 되돌아봅니다. 내가 창문 안에서 무척 외로워하고 있다는 사실을 아는 것 같습니다.

후투티는 나와 같은 실향민입니다. 내가 고향을 잃었듯이 여름철새였던 후투티도 고향을 잃고 슬픈 텃새가 되었나 봅니다. 한겨울에도 우리 집 마당가에서 놀고 있는 후투티를 자주 만납니다.

요즈음 나는 후투티의 부리 끝에서 댕기머리 끝까지를 어떻게 걸어야 할지, 그의 삼음절 언어를 어떻게 습득해야 할지 궁리가 큽니다.

# 모서리

나는 모서리에 잘 부딪히지
모서리는 눈도 없고 귀도 없지
막무가내로 달려들어
나에게 상처를 입히지

나를 향해 날아오는 돌은
온몸이 모서리였지
왼쪽으로 돌아도 오른쪽으로 돌아도
나는 돌을 맞고 맥없이 쓰러지기 일쑤였지

돌처럼 단단한 말도
모서리를 가졌지
각을 세우고 달려드는 말 앞에서
나는 자주 피를 흘렸지

나의 몸은 상처투성이의 몸
나의 말은 통점의 말
상처 자국에서 흘러내린 진물을 찍어
나는 시를 쓰지
맨살로 울면서

# 실족失足

나는 아직 동면 중이다
경칩이 지났는데도 뛰쳐나오지 못하고
링거에 매달려 있는 개구리
나는 아직 칩거 중이다
햇빛조차 말라버린 병실 철 침대에 누워
마른 잠 속에 빠져든다
나에게 봄은 아직 멀리 있는데
아내가 전해준 봄 소식은
나에게 아직은 먼 지상의 일
링거병에서 수액을 이슬처럼 받아 마시면서
나는 아직 겨울 속에 갇혀 있다
걸을 수 있다는 것 하나만으로
축복인 것을 느낀다
뒤뚱거리는 봄
깁스를 하고 휠체어를 탄 봄
나에게 그리움이란
한낱 거리에 물결쳐 오가는
사람들 속에 서보는 것
링거에 매달린 나는
아직 겨울 속에 갇혀 있다

## 오늘의 방문객

종일을 두꺼비같이 앉아 있습니다
돋보기안경을 꼈다 뺐다 하면서 눈만 껌벅거리고 있습
니다
창문 밖으로 하늘과 산과 들판이
황사처럼 온통 희부연한 기운으로 덮여 있습니다
마당 한구석의 옷 벗은 나뭇가지가 흔들리다가 머뭇거
리다가
간신히 서 있는 것을 바라보고 있습니다
종일을 무언가 기다리고 있었던 것 같지만
딱히 내가 무엇을 기다리고 있었는지는 모르겠습니다
그냥 무언가 되새김질하면서 두꺼비처럼 앉아 있습니다
역시 나에게 오늘의 방문객은 없습니다

# 아침을 먹었다

너는 새떼들 날아간 강 건너 마을 산자락 푸서리 속에 잠
자고 있는 줄 알았다

마른장마 속에 이따금 하늘 한 자락 번쩍이다 사라지는
번개의 뒤꿈치쯤으로 여겼다

잠자리에서 일어나 창문을 열면 마당가에 하얗게 내렸
다 아침햇살 속으로 사라지는 도둑눈쯤으로 알았다

너는 아직 안드로메다 성운 어디쯤에 살고 있을 유예된
기억쯤으로 여겼다

내가 어리석었다
내가 어리석었다

너와의 이별 앞에서
나는 말을 잃는다

밤새 바람이 불고

주검 하나 끌어안고 자던 혼곤한 베개를 밀치고 잠에서 깨어난 아침,

　　부엌에서 밥 먹으라는 늙은 아내의 소리가 들렸다

　　털고 일어나 아침을 먹었다

# 노년의 존재론과 최후의 양식으로서의 시
## —조달곤 시의 의미

김경복(문학평론가, 경남대 교수)

　나이 들어간다는 것은 슬픈 것이다. 특히 죽음을 의식하고 그것이 내 주변에 어슬렁거린다는 느낌이 들 때 마음은 한없이 두렵고 쓸쓸하여 끝내 처연해질 것이다. 옛날 말씀에 새도 죽을 때가 되면 그 울음소리가 처량해진다고 하는데, 사람이야 이것을 더 말해 무엇 하랴. 그렇지만 우리는 어찌할 수 없는 상태에서 태어나, 기쁘게 혹은 숨 가쁘게 청장년을 지나, 어느새 정말 눈 깜짝할 사이에 늙어버린 상태에서 다시 그 어찌할 수 없는 대상인 죽음을 마주해야 하는 존재다.

　삶은 무엇인가, 존재는 무엇인가 하고 자세히 채 묻기도 전에 제 목숨 앞에 턱 하고 와버린 생의 이 낯설고 낭패스러운 감각의 죽음! 이대로 마냥 시간을 흘려보낼 수 없다는 생각에 이 삶을, '나'라는 이 존재를 어떻게든 정리하고 그것을 기록해두어야겠다는 마음이 떠오르는 것은 인지상정일 것이다. 그 마음의 애잔함과 첩첩함은 그 시기를 살지 않는 사람은 제대로 이해하지 못할 것이다. 생각해보면 그때의 마음은 정말 얼마나 애틋하고 안타까울 것인가!


### 소멸의 이미지와 노년의 존재론

여기 그 마음의 한 자락을 느끼게끔 해주는 시가 있다. 시인 조달곤의 이번 시집이 그러한 마음의 풍경들을 보여준다. 나이 여든에 즈음하여 쓴 여러 시편들이 그러한 노년의 존재론에 대한 사색으로 가득 차 있다. 그 시들 속에는 어떻게 늙어가야 하고 또 어떻게 현존의 삶을 정리해야 할지에 대한 하나의 답이 들어 있는 듯도 하다. 시인의 쓸쓸하면서도 뜨거운―그렇다, 지금까지 열심히 제 자신의 삶을 살아왔다는 의식으로서의 뜨거운―노래들을 들으면 우리 또한 삶에 대한 한 줄기 깨달음을 얻을지도 모른다. 슬프고도 아름다운, 그러면서 매우 기이한 한 편의 시를 보는 것으로 조달곤 시인의 그 스산하면서도 복잡한 내면의 세계로 들어가 보자. 그 시는 이렇다.


시간의 뼈들이

하얗게 부서져 내리고 있다

정처 없이

풀풀 날리고 있다

물끄러미 그걸 바라본다

물끄러미

— 「시간의 뼈」 전문

　이 시가 주는 놀라움은 '시간의 뼈가 부서지고 있다'는 발견과 그 이미지다. 시간에도 뼈가 있다니! 어찌 시간에서 뼈를 인식(/발견)할 수 있을까? 그리고 그것이 왜 부서지고 있나? 슬픈 것은 그러한 사건—그것은 현상이라기보다 느닷없이 시적 화자에게 찾아온 어떤 감각의 일이었을 터이니 사건이란 말이 더 옳을 듯하다는 측면에서—즉, 뼈가 부서져 날리는 놀라운 사건을 '물끄러미 바라'볼 수밖에 없는 자신의 처지다. 그리고 이 모든 현상을 둘러싸고 이루어지는 데에서 존재의 어찌할 수 없음에 대한 깊은 통증과 함께 그것이 갖는 처연한 아름다움을 느끼게 된다.

　시간에서 뼈를 발견하게 되는 것, 그리고 그것이 부서지고 있다고 느끼는 것은 아무나 할 수 있는 일은 아니다. 일상적인 관점에서 시간이란 무형에 뼈란 정형의 이미지를 부여하는 수사적 기법도 우리에게 놀라움을 주는 것이지만, 무형으로 흐르는 시간을 문득 '뼈'로 볼 수 있는 사람의 심경은 어떤 단계에 이르러야 할까 하는 놀라움과, 그것이 "부서져 내리고", "풀풀 날리고" 있는 듯 느끼고 있는 것 또한 어떤 심정에 처하게 되면 그렇게 보일까 하는 놀라움이 이 시를 보는 주된 감정으로 떠오른다. 시적 화자는, 아니 시인은 정말 어떤 마음의 상태에 이르렀기에 이런 이미지를 발견하고 그것을 저런 놀라운 이미지로 표현하게 되었을까? 일단 이미지의 논리로 볼 때 무형의 시간이 '뼈'로 형상화되는 것은 그만큼 시간이 구체적 대상으로 인식되었다는 의미일 것이며, 그것은 다시 흐르는 시간을 가장 섬세하고 예민하게 인지하게 되는 단계에 이르렀다는 의미가 될 것이다. 거기에 그 시간이 '부서지고 날리고' 있는 이미지로 형상화되는 것은 바로 시간의 '소멸', 즉 시간의 종말에 대한 비유적 형상으로서 사라짐(/죽음)을 뜻할 것이다. 시간이 부서져 사라지고 있는데 그것에 의존해 살고 있는 생명체 또한 사라져 갈 것은 분명한 일이 될 터이니 말이다. 그 점에서 이 이미지가 주는 일련의 의미는 바로 소멸이 임박한 존재가 느끼는 두려움의 징조라 할 수 있다. 이 이미지들은 놀라움과 함께 우리에게 아픈 실감을 준다.

이 시가 주는 더한 놀라움과 안타까움은 그러한 사건을 시적 화자가 "물끄러미 그걸 바라본다//물끄러미"에 담겨 있는 어찌할 수 없음, 즉 하염없는 자세다. '물끄러미'라는 부사어는 시름에 젖어 힘없이 어떤 대상을 바라볼 때 쓰는 용어다. 생명의 존재가 갖는 피할 수 없고, 돌이킬 수 없는 본질적 구속을 저런 용어로 나타내게 될 때 우리는 깊은 공감과 함께 둔중한 아픔을 느끼게 된다. 시간에 처단된 존재는 그 아무리 용맹하고 지혜롭다 해도 죽음을 피할 수 없다.

이때 가지게 되는 태도는, '우두커니' 서서 '하염없이', '물끄러미' 부서져 내리는 시간의 끝을 향해 빨려드는 제 자신을 바라다보는 것뿐이다. 그때 가지는 생명적 존재의 감정은 정말 어떤 상태일까? 시인은 이러한 감정을 너무 예민하게 느끼고 있는 모양이다.

다음 시편이 그와 같은 감정의 일단을 엿볼 수 있게 하는 현실적 모습을 보여준다.


어느덧 나는 팔질의 나이

누더기옷 걸치고 참 오래도 걸어왔다

이젠 꼼짝없이 상노인이 되었다

어름어름 나이만 먹었다

애늙은이가 되었다

낭패 같은 다늙은이가 되었다

내일 죽더라도 아직 나는 애늙은이가 좋은데

자식도 세상도 등 뒤에서

나를 다늙은이 속으로 밀어붙인다

나는 졸지에 망해버렸다

—「팔질八耋」 전문

　'팔질', 즉 팔십의 나이에 이른 자신의 실존적 현실과 감정을 이보다 더 실감나게 표현할 수 있을까? 무엇보다 이 시에서 그 나이에 이른 자신의 처지를 '상노인', '다늙은이'로 표현하면서 '낭패', '졸지에 망해버림'을 드러내고 있다는 데서 노년의 존재가 갖는 실존의식이 무엇인지를 알 수 있게 한다. '낭패', 이러지도 못하고 저러지도 못함을 이르는 말. 실상 나이 들었다고 모든 사람들이 이와 같은 마음을 갖지는 않을 것이다. 그러나 일반적 관점에서 노인이 되어간다는 것은 "자식도 세상도 등 뒤에서//나를 다늙은이 속으로 밀어붙이"는 섭섭하고 쓸쓸한 일을 겪게 하기 마련이다. 더욱 제 자신의 입장에서 보게 되면「시간의 뼈」 시처럼 육체적으로나 정신적으로 시간이 얼마 남지 않았다는 생각에 타는 듯한 고통에 빠져들 수도 있다. 그때 특별히 할 일을 갖지 못한 상노인에게 떠오르는 '낭패감'은 노년의 존재가 갖는 실존적 정체성일 수 있는 것이다.

　이 시점에서 우리는 인간 존재의 본질은 무엇인가 하는 질문을 던져볼 수 있다. 정말 인간 존재는 무엇일까? 기쁨일까,

슬픔일까, 열망일까, 두려움일까? 조달곤 시인의 경우라면 '낭패', 낭패감 아닐까? 사실 쉬이 답할 수 있는 성질의 질문이 아님을 우리는 잘 알고 있다. 그리고 예를 든 저와 같은 답도 극히 부분적인 현상에만 부응한 것임을 알 수 있다. 존재론적 차원의 질문은 다양한 차원에서 그 질문에 대한 답이 나오게 될 터이지만 나이의 변화에 따른 답 또한 진정성 있는 하나의 답이 될 것은 분명하다. 그런 점에서 본인을 상노인으로 인식하고 있는 사람의 입장에서 생각하는 존재의 본질에 대한 탐구 역시 눈여겨볼 부분이 있지 않나 생각한다.

조달곤 시인이 바로 이 점을 보여준다. 태어나 사라져야 할 존재의 특성에서 입구에 선 자가 아니라 출구에 선 자의 특성과 그 감성에 대해 제 나름의 전형을 보여주고 있는 것이다. 그것이 눈물 나게 아름답다는 것이 문제적이다. 그 시는 이렇다.

며칠 내내 기다렸는데
종일을 기다리고 있는데

날이 저물고 있다

그는 오지 않을지도 몰라
오다 모래처럼 부서졌는지 몰라
부서져 바람 속으로 흩어졌는지 몰라

기다린다는 것은
목마름일까 슬픔일까

나는 없는 그를 기다리고 있는지도 몰라
그가 부재의 기억일지도 몰라

밤이 오는 소리가 울음처럼 깊은데
—「기다리다」전문

　이 시의 주된 정조는 슬픔, 오지 않는 그리운 대상으로 인해 발생하는 쓸쓸함이다. 시적 화자는 하염없이 '그'를 기다리고 있다. 그런데 그는 "며칠 내내 기다렸는데/종일을 기다리고 있는데"도 오지 않고 "날(은) 저물고 있다." 하도 오지 않아 시적 화자는 "나는 없는 그를 기다리고 있는지도 몰라/그가 부재의 기억일지도 몰라" 하고 의심하기도 하고 반성하기도 하면서 중얼거리지만 현실은 "밤이 오는 소리가 울음처럼 깊"어감을 느낀다. 그가 오기 전에 이 기다림이 끝이 날 것 같은 두려움에 빠지고 있는 것이다.

　생각해보면 이 시의 구조상 시적 화자가 기다리는 '그'는 오지 않을 것이다. 오지 않는 '그'가 무엇이며 왜 오지 않는가 하는 질문은 이 시에서 그렇게 중요하지 않다. 그에 대한 답 또한 여러 가지로 각자 다양하게 추측해볼 수 있기 때문이다. 이 시에서 중요한 것은, 다시 말해 독자에게 깊은 공감과 아픔을 주는 것은 그 하염없는 기다림의 자세다. 왜 시적 화자는 직접 일어나 간절한 그를 찾아가지 않고 기다리고만 있는가 하는 의문만 갖게 되어도 이 시에 대한 감상의 중심부에 이르렀다고 말할 수 있다. 왜 화자는 그저 기다리고만 있을까? 그에 대한 대답은 앞의 시들에 제시한 감상의 연장선상에서 이루어져야 할 듯싶다.

가지 않고 기다리는 것은 바로 '어찌할 수 없음'에 의해 발생하는 일 때문이다. 내용상으로 보면 화자가 직접 찾아가도 '그'를 만날 수 없을 것으로 보인다. 왜냐하면 그는 '없는 그'이자 화자 자신에게 '부재의 기억'으로만 존재하는 대상이기 때문이다. 곧 아무리 몸부림쳐도 찾을 수 없는 것이 간절한 그인 것이다. 그렇다면 그, 혹은 그것은 무엇일까? 바로 삶의 본질 또는 존재의 본질이라 말할 수밖에 없는 어떤 지고한 관념이 아닐까? 시적 화자는 죽음이 오기 전에 제 나름으로 삶의 본질에 대해 알고 싶다는 의식을 애타게 갖고 있다. 다시 말해 "기다린다는 것은/목마름일까 슬픔일까"에서 보듯 존재의 본질에 대해 알고 싶은 마음을 '기다림'으로 표현하고, 이를 강렬하게 원하지만 끝내 알 수 없기에 그것은 오지 않는 것이 된다. 그렇다, 죽음이 "밤이 오는 소리(로) 울음처럼 깊"어 가는데도 제 삶과 존재의 의미에 대해 알 수 없어 시적 화자는 슬픔과 의구심에, 더 나아가 갈증과 고통에 휩싸여 괴로워하고 있는 것이다. 거기에 이 시가 주는 깊은 슬픔과 아름다움이 깃들어 있다.

사실 그렇지 않을까? 나이 들었다고 삶의 의미에 대해 잘 알고 있다고 생각하는 것도 하나의 편견일지 모른다. 오히려 출구가 가까이 다가와 있음을 실감할 때 자기가 살았던 무대와 무대 위의 행동이 과연 어떤 것이었는지를 정리하고, 그것에 의미를 부여한다는 것은 시간이 얼마 남지 않았다는 의식으로 인해 더욱 다급한 양상을 띠게 될 것이다. 어쩌면 초조한 심정에 사로잡혔다가 이것 같기도 하고 저것 같기도 한 몽롱한 생각에 다시 손을 놓고 '하염없는' 자세, '물끄러미' 그냥 바라봐야 할 처지에 이른 게 아닌가 싶다.

그리하여 시인이 발견한 노년의 존재가 가져야 할 삶의 자세는 다음과 같은 것으로 나타난다.

나를 비운다는 것은
가을 한철 억새꽃이 되어 은빛 물결로 살다가
바람이 된다는 것
바람으로 살다가 바람 소리 떠나보내고
다시 고요해진다는 것

한겨울 빈 가지가 되어
눈 오는 자리를 마련한다는 것
겨울 숲속의 나무와 같은 문장을 쓴다는 것

나를 비운다는 것은
폐사지 탑 그림자처럼 마른다는 것
산그늘처럼 마른다는 것
낮이 말라 밤이 차오르듯이 마른다는 것

내 안의 축축한 죄의 기억을 몰아낸다는 것
내 안의 슬픔과 울음 한 됫박을 덜어낸다는 것

단순해진다는 것
침묵한다는 것
기다림을 받아들인다는 것

나를 비운다는 것은
죽음을 산다는 것

　　　　　　　　—「낮이 말라 밤이 차오르듯」 전문


　참으로 이와 같은 인식에 이르게 되는 것은 어떤 삶과 어떤 마음의 경지를 다 거쳐야만 도달할 수 있는 것일까? 슬프면서도 아름답기 짝이 없는 한 편의 시 앞에서 하루가 무심하고 무상해 앉았다 일어나 창밖을 바라보다 다시 내 방 안을 둘러본다. 나는 아직 살아 있고 나의 시간을 살고 있구나. 시인의 작품이 나의 존재성을 울리는 한때다. 아름답고 기이한 이미지들과 경구가 가득 차 있지만 이 시에서 가장 큰

울림을 주는 구절은 앞의 시에서 연장된 감정 때문인지 "기다림을 받아들인다는 것" 부분이다. 기다릴 수밖에 없도록 시간에 처단된 존재가 그것을 제 스스로 승화시키는 일은, '받아들이는' 데 있다. 특히 여러 욕망에 물들지 않고 '나를 비우는' 것으로 그것을 대신할 수 있다는 것이다.

　그 점에서 이 시의 놀랍고 아름다운 절창은 "나를 비운다는 것은/죽음을 산다는 것"에 도달한 하나의 깨달음이다. 아, 기다리며 사는 것은 나를 비우는 것이자 죽음을 사는 것이었구나. 아니 나를 비우는 것이 기다리는 일이자 죽음을 사는 것이었구나. 그렇다면 죽음을 사는 것은 비우는 일이자 기다리는 것이겠구나. 그 어느 것으로 해석해도 노년을 맞아 새로 깨달음을 터득하게 하는 저와 같은 삶의 태도는, 다시 말해 조달곤 시인이 문득 발견한 저런 삶의 자세는 죽음을 담담히 받아들이게 할 수도 있겠구나 하는 생각이 들게 한다. 또한 우리가 살고 있는 이 삶이 어쩌면 또 다른 죽음으로서의 삶일 수도 있겠구나 하는 깨달음으로서의 안도감을 준다. 삶이 죽음이고, 죽음이 곧 다른 삶일 수도 있다는 생각에 이르면 출구에 선다는 것이 또 다른 입구로 가는 것일 수도 있다는 점에서 꼭 두려운 일만은 아닐지도 모르겠다는 안도! 한 편의 시가 존재의 무상함을 달래주는 깊은 이 위안!

　이 시가 주는 느낌은 비단 이런 것에만 한정되는 것은 아니다. "나를 비운다는 것"을 주어로 해 보여주는 많은 보조

관념들, 특히 "바람으로 살다가 바람 소리 떠나보내고/다시 고요해진다는 것", "겨울 숲속의 나무와 같은 문장을 쓴다는 것", "폐사지 탑 그림자처럼 마른다는 것" 등의 이미지는 놀랍고 기발하여 무릎을 치게 한다. 그러면서 그 안에 담겨 있는 '고요', '겨울 숲속의 나무', '폐사지'가 주는 스산함과 쓸쓸함은 우리 마음을 한없이 애잔함에 잠기게도 한다. 비우는 것은 일차적으로 슬프고 쓸쓸한 것이지만 거기에 새로운 삶의 시작이 들어 있음을 알게 해주는 매우 역설적인 인식의 표출이 되는 것이다. 그런 점에서 이것을 단지 슬픔으로만 보아서는 안 된다는 생각이 든다. 비우면 다시 차게 되는 것이 만물의 이치이듯이 슬픔이 극에 이르면 다시 삶의 원동력이 되어 우리에게 힘을 주는 감정이 된다. 조달곤 시인의 시는 바로 그런 경지에 가닿아 있다.

근원으로의 회귀와 어머니에 대한 그리움

삶에 대한 조달곤 시인의 생각이 깊어지면서 비우고 기다리는 것이 노년에 취할 수 있는 하나의 실존적 정체성이 된다면 삶과 존재에 대한 인식 또한 새롭게 변할 수 있다. 그것은 앞에서 언급한 삶과 죽음의 일체, 곧 '생사일여生死一如'에 대한 의식의 확장이다. 이는 『금강경』에 나오는 "일체유위법一切有爲法/여몽환포영如夢幻泡影"의 '일체의 인위적인 것들은 꿈, 환영, 물거품, 그림자와 같다'는 경구처럼 삶을 하나의 꿈으로 생각할 수 있는 것이다. 그러한 생각을 하게 될 때 집착과 몽매에서 벗어날 수 있기 때문이다. 다음 시편이 바로 그러한 점을 보여준다.

김 신부님이 만든 방에서 깊은 잠을 자다 몽유병 환자처럼 불현듯이 깨어나 길을 나섰다. 버스를 타고 가다 기차로 갈아탔다. 오른편 차창 밖으로 흰 강물이 번쩍이면서 바쁘게 고향 쪽으로 흐르고 있었다. 낙동강역에서 내려 다시 버스를 타고 고향집으로 향했다. 동네 어귀에서 사람들을 만났지만 다들 얼굴이 낯설어 보였다. 고향집으로 들어섰다. 엄마는 들에 나가셨는지 집 안은 텅 비어 있었다. 마당을 돌아 뒤란 툇마루에 앉았다. 돌담에는 하늘수박이 가을 햇살 속에서 누렇게 익고 있었다. 그새 깜빡 졸았나 보다. "학교 다녀왔니? 밖에서 졸지 말고 어서 방에 들어가 자거라." 들에서 언제 돌아왔는지 엄마의 목소리가 꿈결처럼 들려왔다. 나는 엄마의 자궁 속으로 들어가듯 뒷문을 열고 방으로 들어가 다시 긴 잠 속에 빠져들었다.

—「그날 이후 — 방」 전문

이 시의 문제성은 삶을 꿈에 비유하고 있다는 점이 아니라 꿈속에 다시 꿈이 펼쳐지는 생의 첩첩함이다. 시의 상상력을 논리적으로 따라가 보면 "김 신부님이 만든 방에서 깊은 잠을 자다 몽유병 환자처럼 불현듯이 깨어나 길을 나섰다."의 화자는 현재의 실존적 화자, 즉 나이 든 노년의 화자일 것이다. 그 화자가 깨어나 길을 나섰다고 하지만 "버스를 타고 가다 기차로 갈아탔다. 오른편 차창 밖으로 흰 강물이 번쩍이면서 바쁘게 고향 쪽으로 흐르고 있었다. 낙동강역에서 내려 다시 버스를 타고 고향집으로 향했다."의 내용은 꿈속에서 행하는 행동을 마치 현실 속에서 이루어지는 것처럼 보여주는 수사일 뿐이다. 늘 원하는 일을 꿈이 보여준다면 이를 현실에서 이루어지는 것처럼 표현한 것이라는 점이다. 문제는 그 꿈속의 화자가 고향에 이르러 "그새 깜빡 졸았나 보다." 하고 흠칫 깨어난 뒤, "엄마의 목소리가 꿈결처럼 들려왔다. 나는 엄마의 자궁 속으로 들어가듯 뒷문을 열고 방으로 들어가 다시 긴 잠 속에 빠져들었다."에 언급되고 있는 것, 바로 꿈속의 꿈, 늘 진정으로 원하고 가닿고 싶었던 곳에서 꾸고 싶었던 꿈의 모습을 보여주는 부분이다. 시적 화자가 늘 어머니의 목소리가 들려오는 곳에서 달콤한 한나절의 잠을 자고 싶음을 이 시는 말해주고 있다. 어렸을 적 꾸었던 꿈과 성인이 된 지금 꾸는 꿈이 중첩되면서 시적 화자의 마음은 늘 어머니한테로 가고 싶은 열망을 드러낸다. 그것은 곧 자신의 존재를 있게 한 근원으로의 회귀를 암시하는 것에 해당한다.

실제 이 시에서 그것은 "오른편 차창 밖으로 흰 강물이 번쩍이면서 바쁘게 고향 쪽으로 흐르고 있었다."에 드러나는

'고향 쪽으로의 흐름'에 암시되어 있다. '수구초심首丘初心'이란 말도 있듯이 죽음이 임박한 존재는 자신의 근원에 대한 그리움을 떨치지 못한다. 고향과 어머니는 바로 제 존재의 시작을 말해주는 표지들이다. 그러므로 다시 근원으로 돌아가고 싶은 열망을 나타낸다는 것은 존재의 끝이 멀지 않았다는 점을 역설적으로 반증하고 있는 것으로 풀이해볼 수 있다. 그 점에서 "나는 엄마의 자궁 속으로 들어가듯 뒷문을 열고 방으로 들어가 다시 긴 잠 속에 빠져들었다."란 표현은 매우 의미심장하다. '엄마의 자궁'은 시적 화자에게 존재의 두려움을 모르게 하던 입구로, 다시 그곳을 존재의 출구로 삼고 싶다는 강한 생명적 본능의 표출 장소로 기능하기 때문이다. 그리고 입구에서 나와 출구로 가기까지 살았던 삶이 '김 신부님이 만든 방'에서 꾸었던 꿈이라면, 입구와 출구 너머의 삶, 즉 죽음으로서의 삶을 꾸었던 것은 '엄마의 자궁' 속에서 꾸었던 꿈이 될 것이다. 가장 평화롭고 충만했던 공간에서의 꿈이 어머니의 자궁 속에서의 꿈이라면, 출구 너머의 저 죽음의 꿈 또한 이와 다르지 않으니 죽음으로 인해 꾸는 꿈을 더 이상 두려워해서 무엇 할까? 시인은 지금 그렇게 생각하고 있는 것이다.

그리하여 '애늙은이' 조달곤 시인에게 어머니는 삶의 의미를 완성시켜주고 죽음의 공포를 이겨낼 수 있는 상징으로 강력한 의미의 파장을 일으킨다. 다음 시편들이 그런 경우다.

치매 걸린 우리 어머니

자식들 성화에 등 떠밀리어

영세를 받았지만

하늘나라 가는 길

까맣게 잊고

지금도 저문 강가를

헤매고 있는 줄 몰라

하늘을 흐르는

은빛 강물에 누워

지금도 찾아올지 모르는

자식들 기다리며

하얗게 울고 있을지 몰라

추운 별이 되어

—「어머니의 강」전문


밤마다 반짝이는 먼 눈빛으로

나를 데리러 오겠다는 말을 걸고 있었던 별

내가 태어난 어머니의 별


슬픔이란 단어가 없는 곳

환한 밝음만이 있는 곳


백조자리 북십자성 별에 도착하리

내 이 지상을 뜨는 날

고향에 돌아가듯 은하철도를 타리

열차에 오를 때 사랑하는 가족사진 한 장쯤 넣고
가리

—「북십자성」부분


나이 든 존재에게 삶을 어떻게 정리할 것인가는 아주 중
요하고 긴급한 화두가 된다. 조달곤 시인 역시 이러한 화두
를 앞의 여러 시에서 내내 고민하고 탐색하여 제 나름의 실
존적 방법을 제시한 셈이다. 그러나 죽음의 문제만은 도저
히 이성으로 해결될 수 없는 영역이자 대상이다. 그 지점에
대해서는 간절한 기원만이 존재할 뿐이다. 무수한 종교가
탄생할 수 있는 것도 바로 이러한 점 때문일 것이다. 위의 시
두 편은 어머니가 어떻게 종교가 될 수 있는가 하는 점과 그
에 이르는 과정을 잘 보여주는 사례로 꼽을 수 있다. 먼저,
「어머니의 강」에서 시적 화자에게 어머니는 "하늘을 흐르
는/은빛 강물에 누워/지금도 찾아올지 모르는/자식들 기다
리며/하얗게 울고 있을지 몰라/추운 별이 되어"에서 보듯
'추운 별'이 되어 죽음으로 건너오는 자식들을 기다리는 성
스럽고 지고한 존재가 된다. 별이 갖는 광명을 품고 죽음이
라는 어둠에 젖어 있을 제 자식들의 두려움에 대해 안타까
운 마음으로 '울고 있을' 어머니, 또는 그 어머니의 사랑은

시적 화자에게 영원한 구원의 대상이다.

그렇기 때문에 「북십자성」에서 시적 화자는 마치 어머니에게 가듯 "밤마다 반짝이는 먼 눈빛으로/나를 데리러 오겠다는 말을 걸고 있었던 별/내가 태어난 어머니의 별//슬픔이란 단어가 없는 곳/환한 밝음만이 있는 곳//백조자리 북십자성 별에 도착하리"라고 노래할 수 있는 것이다. 이때는 죽음이 주는 두려움이나 어둠이 문제되는 것은 아니다. 어둠 사이로 환한 미명으로 존재하는 '북십자성 별'은 바로 존재의 구원을 대행하는 '어머니별'로서 마치 어린아이가 옹알이하듯 이 우주에 퍼지는 노래를 절절하게 바칠 수 있는 대상이 되는 것이다. 그런 점에서 시 「북십자성」은 내가 죽어 어머니한테로 다시 돌아가겠다는 약속이자 어머니의 그 자애로움에 대한 헌사인 셈이다. 존재가 가장 아프고 절실한 순간에 찾는 어머니의 존재성을 여기서 시인은 유감없이 보여주고 있다.

이러한 어머니에 대한 그리움은 어렸을 적 고향집에서 보았던 구렁이 이야기를 통해서도 드러난다. 즉 "구렁이가 무서워 어머니의 등에 기대면 부지깽이로 부엌 바닥을 탁탁 쳐 구렁이를 내보내던 어머니. 어머니는 지금 하늘나라에 계시지만 문득 어머니가 그리울 때는 내가 어린 날의 우리 집 구렁이라도 되어 어머니와 함께 있고 싶기도 하지."(「구렁이 이야기」)에서 보듯 언제나 그 무엇으로도 함께할 수 있고, 함께 있고 싶다는 열망을 신비한 설화적 상태로도 꿈꾸게 된다. 이와 아울러 아버지에 대한 그리움도 그와 등가여서 "아버지는 어느 날 대학생이 된 나를 데리고/마을 뒷산으로 갔다/골짜기를 따라 한참을/산중턱에 이르렀을 때/아버지는 나를 돌아보며/"여기가 내가 묻힐 곳"이라고 말씀하셨다/너덜겅 옆 뗏잔디가 소복이 난 양지바른 곳이었다/이곳은 나무꾼들이 오다가다/지게를 내려놓고 쉬었다 가는 곳이라고 덧붙였다/아버지가 육 년 후 세상을 뜨셨을 때/소망대로 이곳에 묻히셨다"(「쉬었다 가는 곳」)에서 보듯 아버지의 삶 또한 초연했고, 늘 '쉬었다 가는 곳'에 아버지가 묻혀 있듯 자신의 삶도 쉬었다 가는 것으로 인식하고 있음을 보여준다. 이러한 언급들은 그의 내면적 심상에 아버지, 어머니가 궁극적 심상으로 맺혀 있음을 말해주는 것이라 하겠다.


### 최후의 양식으로서 시와 존재 구원

조달곤의 시를 읽으면 읽을수록 존재의 본질에 대한 생각이 깊어진다. 늙음이라는 인간 존재의 특성과 존재 구원의 표지로서 어머니, 또는 고향으로 대변된 근원에 대한 사색은 도회지의 바쁨 속에 매몰되어 살아가는 우리에게 삶이 무엇인가 하는 점을 되돌아보게 한다. 그렇게 고민과 번뇌로 뒤척일 때 시인 또한 이 문제로 고뇌했으리라는 생각이 든다. 문득 그는 이것을 어떻게 풀어냈을까 하고 궁금해할 때 그의 고뇌의 흔적, 그 존재라는 것에 대한 사유의 호르몬

이 내는 향취를 보고 맡을 수 있으니, 그것은 바로 '시'라는 예술의 부각이다. 그에게 시는 제 삶의 중심을 가르는, 그래서 제 자신의 존재성을 증명하는 단 하나의 척도가 된다. 그 단적인 예가 다음과 같은 시일 것이다.

> 나는 모서리에 잘 부딪히지
> 모서리는 눈도 없고 귀도 없지
> 막무가내로 달려들어
> 나에게 상처를 입히지
>
> 나를 향해 날아오는 돌은
> 온몸이 모서리였지
> 왼쪽으로 돌아도 오른쪽으로 돌아도
> 나는 돌을 맞고 맥없이 쓰러지기 일쑤였지
>
> 돌처럼 단단한 말도
> 모서리를 가졌지
> 각을 세우고 달려드는 말 앞에서
> 나는 자주 피를 흘렸지
>
> 나의 몸은 상처투성이의 몸
> 나의 말은 통점의 말
> 상처 자국에서 흘러내린 진물을 찍어

나는 시를 쓰지

맨살로 울면서

—「모서리」전문

  아, 이 시에 이르러 시인 조달곤을 생각해보면 그는 참으로 처절한 삶의 현실을 지나는구나 하는 것을 느끼게 된다. 외면으로 보인 그는 대학교수를 지냈고 시골에 집을 지어 노후를 평안하게 보내는 것으로 생각하기 쉬우나 그의 심중은 존재의 완성을 위해 지난한 투쟁의 길 위에 서 있음을 알 수 있게 된다. 그의 운명에 닥쳐오는 대상들은 그의 존재성을 무화시키고자 하는 '모서리', '돌', '단단한 말' 등으로 화하여 시인 자신에게 무수한 상처를 남긴다. 무수한 상처 속에서 그는 인간 존재로서 도전하려 했을 수도 있겠지만, 이미 앞에서 보았던 바처럼 인간 존재라는 것은 그 '어찌할 수 없음'으로 인해 수동적이고 소극적일 수밖에 없다. 그때 시적 화자는 이미 앞에서 보았던 삶의 자세로서 '기다리는 것을 받아들이는 것'으로 비우는 일, 바로 시를 쓰는 일을 감행한다. 그렇다, 그나마 기다리는 것을 받아들이는 것은 자신의 주체적 수용이란 점에서 능동성을 띤다. 즉 시를 쓰는 행위야말로 그의 생애에 가장 가치 있는 삶의 의미를 획득하기 위한 적극적 행위인 것이다.

  문제는 이 행위가 바로 "상처 자국에서 흘러내린 진물을 찍어/나는 시를 쓰지/맨살로 울면서"라는 표현을 얻음으로

써 매우 궁극적 심상으로 떠오르게 된다는 점이다. '상처 자국에서 흘러내린 진물'은 무엇인가? 일견 진물 그 자체이거나 피일 수 있겠다는 점에서 생명의 가장 근원적인 것, 혹은 생명의 가장 궁극적인 것을 의미한다고 생각해볼 수 있다. 즉 상처가 갖는 죽음에의 친화성으로 인해 시인은 죽음으로, 또는 죽음에 가까이 가닿은 삶의 한순간으로 시를 쓴다는 말일 것이다. 그런 점에서 이 시구절이 갖는 의미는 매우 섬뜩하다 못해 고통스럽다. 생의 본질이나 존재의 본질을 정면을 마주한 느낌을 주기 때문이다. 그 처절한 인식과 행위가 '맨살'이라는 이미지로 더 이상 감출 길 없다는 인식과 함께 생의 쓰라림 내지 슬픔으로 '울음'을 소환해내고 있는 것이다. 그 점에서 그에게 시는 자기 존재 증명의 쓰라린 기록이다. 이 지상에 '나'란 존재가 있었고 의미 있는 삶을 살고 갔다고 부르짖는 처절한 증언인 것이다. 그럴 때 시는 구원의 형식이 아니고 무엇이겠는가?

그런 점에서 조달곤 시인에게 시는 자기 구원을 감행하는 최후의 양식이 된다. 다음 시편들이 이를 잘 말해준다.

하느님은 최초의 시인이었을 것이다. 시원의 들판을 걸어가며 하늘과 땅을 노래하고 빛과 어둠을 노래하고 나는 새와 나무와 별빛을 노래했다. 말씀으로 노래할 때 하느님도 가슴이 두근거렸을 것이다. 몹시 설레었을 것이다. 시원의 하늘과 땅에 울려 퍼지던 말씀의 노래가 그분이 보시기에도 참으로 좋았을 것이다. 그렇지 않으면 어찌 오늘날까지 지상의 시인들이 하늘을 우러르고 우러러 말씀에 그토록 목말라 할 리가 없다. 시의 말씀을 만나기 위해 그토록 서럽게 목멜 리가 없다. 하느님은 시의 말씀의 말씀이었을 것이다.

—「말씀」전문

말 이전의 말 바위처럼 물렁한 말 허공처럼 텅 비어 있는 말 하늘의 속살처럼 꽉 차 있는 말 모성의 말 피의 말 별빛의 말 손톱달의 말 야생의 말 울퉁불퉁한 말 홀惚하고 황恍한 말 윤슬의 말 물의 말 어둑새벽의 말 눈 감은 말 천둥의 말 기도의 말 몸의 말 개여울의 말 나무의 말 안개오줌의 말 미늘의 말 물수제비의 말 박새가 물어 온 말 두근거리는 심장의 말 내 울음의 말 내 슬픔의 말 봉숭아 꽃씨의 말 바람의 말 햇빛의 말 눈부셔 눈부셔 눈시울 어둑한 말

—「시의 말」전문

두 편의 시는 시가 갖는 위엄과 광휘를 잘 보여주고 있다. 「말씀」은 하느님의 말씀이야말로 "시원의 하늘과 땅에 울려 퍼지던 말씀의 노래"로서 "시의 말씀의 말씀이었을 것" 임을 말하고 있다. 하느님의 말씀은 '최초의 시인'이 뱉는 말로서 이 지상에 의미를 부여하는 '설렘'의 양식이었을 것을

말하고 있는 것이다. 이는 시의 근원적 성격을 말하면서 천지창조와 관련된 신화로서 시의 기능을 언급하는 것에 해당한다. 이때 시는 비록 성경의 말씀을 통해 이루어지는 것이지만, 존재의 입구가 갖는 근원으로서 탄생과 창조의 의미를 갖는다.

이에 비해 앞의 시「모서리」와「시의 말」은 최후의 양식이란 의미를 갖는다. 이미「모서리」에서는 자신의 존재성을 '진물', 즉 죽음의 형식인 '피'로 기록하는 것임을 밝히고 있음을 보았다.「시의 말」은 이러한 구체적인 상징성은 없지만 시의 언어가 "말 이전의 말"인 동시에 모든 세계의 단면을 다 기록한 말임을 드러내고 있다. 이 시에서 보여주는 시적 언어의 특성은 모든 현상과 사건이 종결되고 난 뒤에도 남는 말이 시의 말임을 보여주고자 하는 것이다. 그렇기에 시의 말미에 붙인 "햇빛의 말 눈부셔 눈부셔 눈시울 어둑한 말"이란 것이 실상 죽음에 가닿은 말이자 형식이란 점을 환기해낸다. 즉 최후에 인간이 부르짖음 형태로 내뱉을 수 있는 말이 시의 말이 된다는 의미일 것이다. 이와 관련하여 재미있는 견해가 있다. 에드워드 사이드는『말년의 양식에 관하여』에서 노년의 양식, 즉 '최후의 양식'은 "종국에 접어드는 것, 의식이 깨어 있고 기억으로 넘치는 것, 그러면서도 현재를 대단히 예민하게 여기는 것"이라고 말하고 있다. 사이드의 이 말이야말로 죽음으로 예민하게 곤두선 시인의 의식에 부합된 말이 아닐까? 그 점에서 이러한 시편들은 아름다운 문양을 그리고 있지만 그 내면으로 들어가게 될 때 절통한 아픔을 우려낸다. 조달곤 시인에게 시는 최초이자 최후의 양식으로 그의 심중에 생애 내내 자리 잡고 있었음을 여실히 보여주고 있는 것이라 하겠다.

따라서 시, 혹은 시의 말은 시인에게 단순한 예술적 수사가 아니다. 삶과 존재의 본질을 탐색하고 획득하는 가장 긴요하고 절실한 의례적 행위다. 그 '시의 말'을 이번 시집에서 가장 단적으로 보여주는 작품이 다음과 같은 시일 것이다. "벽이라는 말은/참 외로운 말이다/바람이 불고 비가 내린다는 말이다/절룩절룩 절룩거린다는 말이다/절반의 어둠을 받아들인다는 말이다/나를 견디고 너를 견딘다는 말이다/한 슬픔이 다른 슬픔을 만난다는 말이다//벽이라는 말은/참 아픈 말이다"(「벽」)에서 보이는 시적 언어로서 '벽'은 '외롭게 절룩거리는', 그러면서 '어둠을 받아들이며 그 고통을 견디는', '슬픔으로서 다른 슬픔을 만나 참으로 그 아픔을 공감해줄 수 있는' 말이다. 시적 흐름을 두고 볼 때 하나의 인간 존재를 의미하는 것 같고, 이미 한 생을 살아 이와 같은 여러 감정을 집약적으로 겪은 시인 본인의 존재성을 표현한 언어일 것도 같다. 그 점에서 '벽'은 하나의 특이한 존재로 살아난다. 사전에 규정된 하나의 용어에서 벗어나 살아 움직이는 어떤 존재로 발현하는 것 같다. 그것은 무엇을 말할까? 언어가 바로 사물이 되는 지점, 언어가 존재 그 자체가 되는 신비로운 지점, 신이 인간을 비롯한 이 세계의 모든 사물을 창조하였듯이 시인은 언어로 새로운 존재를 탄생시킬 수 있다는 '성현聖顯'의 현장 그것 아니겠는가?

그것은 언어로 이 세계를 창조하는 행위라 할 수 있다. 그것은 달리 말해 시의 언어로 이 무형과 무의미로 떨어져가는 세계에 형상과 의미를 부여하여 존재의 광휘로움을 부여하는 행위다. 즉 존재의 구원인 것이다. 이러한 점은 조달곤 시인이 자신의 삶을 성찰하고 그에 대해 언어로 시를 써서 하나의 의미망을 구축한 것에도 그대로 적용된다. 그에게 시는 존재의 구원이자 자기 구원의 행위였던 것이다. 그런 점에서 그의 시는 웅숭깊은 사유가 된다. 간절하고도 절실한 제의가 된다. 그리하여 끝내 자신의 존재성을 증명하고 영원한 가치를 새겨둘 비망록이 되는 것이다. 그의 시적 흐름을 타고 가는 우리들 역시 조달곤 시인이 그려내고 있는 이 시의 향취에 흠뻑 젖어 앉았다 일어섰다 하며 생의 오늘을 살아가는 힘을 얻을 수 있을 것이다. 그것이 진정 시가 보여주는 위의威儀이자 복음福音이 아니겠는가! 여든의 나이가 보여줄 수 있는 최고의 존재론적 형상인 셈이다. 그런 관점에서 아흔, 백 살의 나이에 부합하는 또 다른 존재론의 출현을 기대하는 차원에서 시인의 건필을 간절히 빌어본다. ✒

# 낮이 말라
# 밤이 차오르듯

| | |
|---|---|
| 1판 1쇄 발행 | 2021년 3월 10일 |
| 1판 2쇄 발행 | 2021년 4월 20일 |

| | |
|---|---|
| 지은이 | 조달곤 |
| 펴낸이 | 임양묵 |
| 펴낸곳 | 솔출판사 |

| | |
|---|---|
| 편집장 | 윤진희 |
| 편집 | 최찬미, 윤정빈 |
| 디자인 | 오주희 |
| 마케팅 | 이원지 |
| 제작관리 | 박정윤 |

| | |
|---|---|
| 주소 | 서울시 마포구 와우산로29길 80(서교동) |
| 전화 | 02-332-1526 |
| 팩시밀리 | 02-332-1529 |
| 홈페이지 | www.solbook.co.kr |
| 이메일 | solbook@solbook.co.kr |
| 출판등록 | 1990년 9월 15일 제10-420호 |

| | |
|---|---|
| ISBN | 979-11-6020-151-2  03810 |